LEKTÜRE HILFE

Vernon Subutex

Virginie Despentes

LEKTÜRE HILFE

Vernon Subutex

Virginie Despentes

Verfasst von Michel Dyer

Übersetzt von Gerda Fischer

DER QUERLESER

VIRGINIE DESPENTES

FRANZÖSISCHE SCHRIFTSTELLERIN UND REGISSEURIN

- **Geboren 1969 in Nancy**
- **Einige seiner Werke**:
    - *Baise-moi* (1994), Roman
    - *Les Jolies Choses* (*Die schönen Dinge*) (1998), Roman
    - *King Kong Theory* (2006), autobiografischer Essay

Virginie Despentes ist eine kontroverse Figur der französischen Literatur um die Jahrtausendwende. Sie wurde mit dem schwefelhaltigen Erfolg ihres ersten Romans *Baise-moi* im Jahr 1994 schlagartig berühmt und wurde lange Zeit durch das Prisma ihrer Vergangenheit als Prostituierte betrachtet. Doch auch wenn ihr Werk gelegentlich als pornografisch charakterisiert wurde, muss man feststellen, dass ihre Romane weitaus komplexer sind, wie die verschiedenen Auszeichnungen, die sie erhalten hat, beweisen, darunter der renommierte Prix Renaudot für *Apocalypse bébé* im Jahr 2010.

Virginie Despentes ist eine bedeutende zeitgenössische Autorin, insbesondere aufgrund ihrer Verbundenheit mit Fragen der sozialen, identitären oder sexuellen Marginalisierung. Auch ihre Arbeit mit der Sprache und der Mündlichkeit ist bemerkenswert.

VERNON SUBUTEX, BAND 1

EIN ALBTRAUMHAFTER EINBLICK IN UNSERE HEUTIGE GESELLSCHAFT

- **Genre**: Roman
- **Referenzausgabe**: *Vernon Subutex*, Band 1, Paris, Grasset, 2015, 430 S.
- **1. Auflage**: 2015
- **Themen**: Armut, soziale Ausgrenzung, antikapitalistische Kritik, Trauer, Untersuchung, Rockmusik

Der 2015 veröffentlichte erste Band der Trilogie *Vernon Subutex* ist mit über 300.000 verkauften Exemplaren ein literarisches Phänomen. Das Werk, eine zugleich scharfe und desillusionierte Kritik an der zeitgenössischen Gesellschaft, fand beim Publikum, aber auch bei den überwiegend positiven Kritikern ein gewaltiges Echo.

ZUSAMMENFASSUNG

EIN ANTIHELD

Der Roman beginnt mit der prekären Situation von Vernon, einem ehemaligen Plattenhändler, der auf die Fünfzig zugeht. Seit der Schließung seines Ladens arbeitslos und aus dem RSA gestrichen, sieht er sein Kapital nach und nach schrumpfen, während seine materiellen Ansprüche steigen - so lernt er, ohne Fernseher, Heizung, Strom, Möbel und schließlich auch ohne Internet zu leben. Als er ein altes Foto findet, auf dem er als junger Mann mit seinen drei besten Freunden von damals posiert, stellt er fest, dass sie alle vor Kurzem gestorben sind. Der letzte der Verschwundenen ist Alex Bleach, ein erfolgreicher Sänger, der Vernon oft finanziell unterstützt hat. Ohne diese Unterstützung kann Vernon nicht verhindern, dass er aus seinem Haus geworfen wird, in einem Zustand der Benommenheit, der die Szene unwirklich erscheinen lässt. Ohne Dach über dem Kopf, ohne Geld und ohne Freunde sammelt Vernon seine spärlichen Besitztümer (darunter unveröffentlichte Videointerviews mit Alex) und beginnt eine Tournee durch seine Bekannten, um sich weiterhin wie seit Jahren zu ernähren.

DER WALZER DES WISSENS

Der Rest des Romans baut auf dem Prinzip der wechselnden Perspektiven auf - meistens wechseln die Kapitel zwischen Vernons Sicht und der Sicht der verschiedenen Personen, denen er begegnet. So wohnt Vernon nacheinander bei Emilie, einem ehemaligen Mitglied von Alex Bleachs erster Rockband, und Xavier, einem Freund aus Kindertagen, der nun ein geordnetes Leben zu führen scheint, das dem von Vernon entgegengesetzt ist. Vernon flieht und stiehlt ein paar Tage lang Geld, bevor er bei Lydia, einer jungen Journalistin, die sich für Alex Bleach interessiert, unterkommt.

Dann wird er von Sylvie verfolgt, die seine Spur im Internet findet, und quartiert sich bei Gaëlle ein, wo er Marcia kennenlernt, mit der er eine kurze, aber intensive Romanze erlebt. Schließlich landet er bei seinem Freund Patrice in der Vorstadt. Im Laufe seiner meist peinlichen Begegnungen auf den Sofas der Männer und in den Betten der Frauen wird Vernon klar, dass er nicht weiter auf Kosten seiner Freunde leben kann, denen er nicht einmal seine finanziellen Probleme zu gestehen wagt.

DER ENTWURF EINES PSEUDOKRIMIS

Doch während die meisten Figuren, deren Perspektive der Roman einnimmt, Vernons Freunde sind, konzentriert sich der zweite Teil des Buches auf eine andere Sphäre von Figuren. Die von Vernon erwähnten Videokassetten, auf denen Alex Bleach ein unveröffentlichtes Interview aufgezeichnet hat, werden nämlich schnell zur Quelle einer Parallelhandlung, mit der Virginie Despentes ihren Roman zu neuen Ufern führt.

Die Figuren Laurent und die Hyäne, die relativ früh im Roman eingeführt werden (auf den Seiten 110 bzw. 125), und dann die Figuren Lydia, Pamela, Sélim und Aïcha (auf den Seiten 167 und 187, 260 und 274) kennen Vernon nicht, aber sie alle versuchen, ihn zu treffen, eben um die besagten Kassetten in die Hände zu bekommen. So entsteht eine diffuse Spannung, das Buch entfernt sich von seiner Hauptfigur und folgt einer Untersuchung, die ihn betrifft. Diese beiden Handlungsstränge verflechten sich, als Vernon einige Tage bei Lydia übernachtet, bleiben aber im Rest des Romans getrennt.

VERZWEIFLUNG BIS AUF DIE STRASSE

Vernons Situation wird im Laufe des Buches immer prekärer. Am Ende des Romans lebt er auf der Straße, ausgestoßen von einer ausgrenzenden Gesellschaft. Auf den letzten Seiten, als der Roman immer düsterer wird, können wir jedoch einige Hoffnungsschimmer erkennen. Ein Zeichen dafür ist die Liebe zwischen Vernon und Marcia, die von Vernon als eine zauberhafte Zwischenstation dargestellt wird. Noch wichtiger ist jedoch, dass Vernons Gemütszustand am Ende des Romans, weit entfernt von der Niedergeschlagenheit, die sein neues Leben auf der Straße hervorrufen könnte, durchweg positiv ist. Er scheint durch diese Prüfungen zu einem besseren Verständnis des Lebens und der Welt zu gelangen. Vernon scheint dem Leser einen

Schlüssel zum Verständnis des Romans zu liefern: Man darf sich von der Verzweiflung anderer nicht unterkriegen lassen, sondern muss sie umarmen, verstehen und durch Empathie überwinden.

UNTERSUCHUNG DER CHARAKTERE

VERNON SUBUTEX

Wenig überraschend ist der Titelheld die zentrale Figur des Romans, die alle vorgestellten Figuren miteinander verbindet, und er ist der „Erzähler" der meisten Kapitel. Er stellt zweifellos die liebenswerteste Figur des Romans dar, nicht aufgrund seiner Handlungen, sondern aufgrund der aufeinanderfolgenden, sich ergänzenden und stets lobenden Porträts, die die anderen Figuren von ihm zeichnen. Die Frauen sind sich einig, dass er, gelinde gesagt, attraktiv ist, und die Männer genießen seine Gesellschaft. Vernons Musikgeschmack ist eine seiner größten Stärken, und er wird mehrmals als „Gott" bezeichnet, wenn er auf einer gehobenen Party als DJ auflegt. Vernon kann jedoch auch ein Lügner, Manipulator und Dieb sein. Er ist auch ein Feigling, der sich weigert, klar um Hilfe zu bitten, wenn er sie braucht, und sich aus Stolz oder Scham von denen abwendet, die ihm helfen wollen. Letztendlich ist es dieser zweite Teil seiner Persönlichkeit, der ihn so liebenswert und uns so nahe macht – ein Mann, der nicht erkennen kann, dass er auf der Straße landen wird, der aber gute Ausreden findet, um ein paar Tage lang zu stehlen, ohne auch nur daran zu denken, darum zu bitten.

Er ist die am wenigsten wütende, am wenigsten verbitterte Figur und wahrscheinlich diejenige, die die größte Menschlichkeit an den Tag legt. Im Laufe des Romans rutscht er unmerklich von der Rolle der Hauptfigur in die eines Zuschauers seiner eigenen Geschichte. Die Kapitel, die sich auf seinen Fokus konzentrieren, werden immer seltener und seine Fähigkeit, Entscheidungen zu treffen und zu handeln, nimmt parallel dazu ab. Er erduldet die Ereignisse immer mehr und scheint sein Schicksal phlegmatisch hinzunehmen. Er wird vom Schauspieler zum Zuschauer; von einer Kraft, die Charaktere einführt, wird er zum Vorwand für die Beobachtung dieser Charaktere. Vernon wird zum Doppelgänger des Lesers, wenn dieser sich weniger um die Abenteuer der Hauptfigur kümmert als um die Charakterisierung der zahlreichen Figuren, die nacheinander auftreten. So distanziert sich der Roman allmählich von Vernon, nachdem er ihn fest etabliert hat, ohne jedoch aufzuhören, seine Fähigkeit zu nutzen, Figuren einzuführen und sie miteinander zu verbinden. Vom Schauspieler wird Vernon zum Agenten der Erzählung: „Er ist ein Zuschauer, selbst ein Schwarzfahrer, ein Untergetauchter“, S. 410.

ALEX BLEACH

Das erste Mal, dass Alex Bleach auf S. 30 erwähnt wird, ist, um seinen Tod zu verkünden: „Alex Bleach ist tot“. Alex Bleach ist der Schatten des Romans – eine Figur, die ebenso unsichtbar wie wichtig ist. Sein Tod und sein Videointerview sind der Auslöser bzw. die treibende

Kraft hinter der Handlung des Romans. Er wird als Vernons Freund vorgestellt, der ihm gewöhnlich bei der Miete half, aber der Leser erkennt schnell, dass er viel mehr war: ein erfolgreicher Sänger, ein Star, ein Mann mit magnetisierender Schönheit, ein Drogensüchtiger, ein Künstler, der mit dem Gedanken an Erfolg nicht leben konnte, ein Depressiver. Er ist eine zentrale Figur des Romans, gewissermaßen das Gegenstück zu Vernon, da auch er ein Band darstellt, das alle Figuren miteinander verbindet – alle haben ihn gekannt, bewundert, beneidet, geliebt, und alle versuchen, mit dem Gedanken an sein Verschwinden zu leben.

Durch ihn kann *Vernon Subutex* als Roman über Trauer gelesen werden, und die verschiedenen Reaktionen der Figuren – Verleugnung, Traurigkeit, Wut, Eifersucht, Melancholie, Gleichgültigkeit ... – tragen zur Darstellung eines komplexen Charakters bei. Die Figur des Alex Bleach ist vor allem vor dem Hintergrund der Figur Vernon zu sehen – in vielerlei Hinsicht ist er der Anti-Vernon: reich, berühmt, unglücklich, tot. Aber sie teilen auch viele Charakterzüge: Beide sind geheimnisvoll, undurchschaubar, verführerisch, talentiert. Die Figur des Alex Bleach ist also eine doppelte: ein verstorbener Freund, für seine alten Freunde ein Symbol der schwindenden Jugend; eine mythische Figur, für diejenigen, die nur die öffentliche Person kannten, das Alter Ego des vergänglichen Vernon Subutex. Für den Leser verkörpert Alex Bleach also zwei Seiten von Vernon: seine goldene, verschwundene Jugend und seine geheimnisvolle, faszinierende Aura.

EINIGE WIEDERKEHRENDE CHARAKTERE

Während die meisten Charaktere nur ein Kapitel erhalten und in den anderen kaum erwähnt werden, werden einige ausführlicher behandelt.

- **Xavier Fardin, der befreundete** Drehbuchautor: Als Drehbuchautor, der mehr als zwanzig Jahre nach seinem letzten Erfolg einen zweiten Erfolg sucht, ist er der zweite Freund, der Vernon bei sich aufnimmt. Da er verheiratet ist und eine Familie hat, kann er ihn jedoch nicht sehr lange beherbergen. Er ist auch derjenige, der aus Prahlerei und Gier nach Ruhm in Paris von den unveröffentlichten Videointerviews mit Alex Bleach erzählt und die Idee äußert, einen Film daraus zu machen. Wie alle Figuren des Romans ist Xavier in erster Linie ein Stereotyp: der Pariser Bobo, der in der Filmbranche lebt, ohne Talent, ohne Beziehungen, aber mit jedem neuen Drehbuch sicher, den neuen Kassenschlager geschrieben zu haben. Auf den ersten Blick eine unsympathische Figur, die Vernon auch dann nicht helfen will, wenn seine Mutter ihn direkt darum bittet, bekommt er ganz am Ende des Romans ein zweites Kapitel, in dem er auf erschütternde Weise vom Tod seiner Hündin berichtet und dabei eine ungeahnte Sensibilität und Menschlichkeit an den Tag legt. Da er Vernon und seine Freundin Olga schützen will, wird er von Noël, dem rechtsradikalen Jugendlichen, ins Krankenhaus geschickt.
- **Die Hyäne, die Vernon aufspüren soll**: Sie ist Spezialistin für E-Reputation (den Ruf von Menschen

oder Dingen im Internet), lesbisch und das Besondere an ihr ist, dass sie bereits eine Figur aus der Feder von Virginie Despentes war, und zwar in ihrem vorherigen Roman *Apocalypse Baby, der* 2010 veröffentlicht wurde. In *Vernon Subutex* arbeitet sie für den Produzenten Laurent Dopalet, der bestrebt ist, als Erster die Videos von Alex Bleach in die Hände zu bekommen. Ohne jemals Vernons Weg zu kreuzen, folgt sie seiner Spur, immer mit einer gewissen Verspätung. Am Ende des Romans kommt sie dank ihres Freundes Selim wieder auf die Spur von Xavier. Um ihm den Gefallen zu tun, begleitet sie seine Tochter Aïcha nach Barcelona. Sie ist die jüngste Figur des Romans, studiert noch und ist praktizierende Muslimin.

- **Pamela Kant, der ehemalige** Pornostar: Sie ist mit dem verstorbenen Wodka Satana befreundet, ebenfalls ein ehemaliger Pornostar, und lebt mit Daniel, ehemals Deborah, in einer Wohngemeinschaft. Sie genießt bei Männern ein hohes Ansehen, bei Frauen weniger. Sie ist es, die Vernon schließlich im letzten Kapitel des Romans aufspürt und ihm erzählt, dass er eine Twitter-Berühmtheit ist, nach der in ganz Paris gefahndet wird. Vernon verweist sie an Emilie, die allererste Person, die ihn aufgenommen hat und bei der er die berühmten Videokassetten zurückgelassen hat.

ANDERE CHARAKTERE

- **Emilie**: Sie ist die Erste, die Vernon bei sich aufnimmt, nur für ein paar Tage. Bei ihr lässt er die Kassetten von Alex Bleach.
- **Celeste**: Sie ist eine junge Frau, die Vernon in einer Bar sieht und dann auf der Straße wieder trifft. Sie stellt sich als die Tochter eines alten Freundes von Vernon heraus. Zwischen den beiden scheint sich ein Verführungsverhältnis zu entwickeln.
- Laurent: Erfolgreicher Produzent. Er hatte eine sehr schlechte Beziehung zu Alex Bleach und hofft, als Erster sein Interview zu entdecken, um sicherzustellen, dass es nie an die Öffentlichkeit gelangt. Er ist es, der die Hyäne anheuert.
- **Sylvie**: Sie nimmt Vernon bei sich auf und verliebt sich unsterblich in ihn. Aus Wut über seine Abreise und seinen Diebstahl belästigt sie ihn auf Facebook.
- **Lydia**: Freie Journalistin und großer Fan von Alex Bleach, den sie mehrmals interviewt hat. Sie wird von der Hyäne kontaktiert, um Vernon in die Finger zu bekommen, was ihr über Facebook auch gelingt.
- **Danièle**: Er ist der Mitbewohner von Pamela Kant, die ebenfalls ein ehemaliger Pornostar war, als er Déborah war.
- **Kiko**: Er veranstaltet eine große Party in seinem Haus, bei der Vernon als DJ auflegt.

- **Marcia:** Brasilianische Transsexuelle, Freundin von Kiko, verliebt sich während der Party in Vernon. Die beiden haben eine Affäre.
- **Selim**: Ehemaliger Nachbar der Hyäne und Ehemann von Wodka Satana, Vater von Aischa, die er nicht versteht.
- **Aïcha:** Sie erfährt durch die Hyäne, dass ihre Mutter Wodka Satana ist, ein ehemaliger Pornostar. Als praktizierende Muslimin kommt sie mit dieser Offenbarung nur schwer zurecht. Sie reist in Begleitung der Hyäne für einige Tage nach Barcelona.
- **Patrice**: Vernons alter Freund, der seine Frau geschlagen hat und nun allein in der Vorstadt lebt.
- **Sophie:** Sie ist die Mutter von Xavier. Traumatisiert vom Selbstmord ihres ältesten Sohnes, trifft sie als Erste Vernon auf der Straße, kann ihm aber trotz ihres guten Willens nicht helfen.
- **Olga**: Sie lebt auf der Straße und findet Gefallen an Vernon.
- **Weihnachten:** Er gehört zu einer rechtsextremen Schlägertruppe.

SCHLÜSSEL ZUM LESEN

EIN VIELSTIMMIGER ROMAN – AUF DEM WEG ZU EINER COMÉDIE HUMAINE DES 19. JAHRHUNDERTS

Wie wir gesehen haben, gibt es in *Vernon Subutex* sehr viele Figuren, die zwar nicht alle gleich wichtig sind, aber Virginie Despentes räumt nacheinander etwa zwanzig von ihnen die Zügel der Erzählung ein. Die Vervielfältigung der Figuren ist eines der Merkmale und Stärken des Genres Roman. Der Text nutzt diese Vermehrung von Standpunkten und Individualitäten voll aus, um ein vollständiges und kohärentes fiktionales Universum zu schaffen.

Vernon Subutex steht somit in der Tradition von Balzacs Ambitionen - es ist ein Weltroman, eine verkleinerte und getreue Version der gesamten Gesellschaft. Nur die Methode unterscheidet sich - während Honoré de Balzac (ein französischer Schriftsteller) die Illusion einer Gesellschaft durch die Wiederverwendung derselben Figuren in Dutzenden von Romanen herstellen kann, versucht Virginie Despentes dies durch deren Nebeneinanderstellung innerhalb derselben Erzählung. Die Wahl der internen Fokalisierung (wir werden darauf zurückkommen) und die Miniaturisierung des Balzacschen Echosystems ermöglichen es der Autorin, ihre Figuren schnell und fest zu verkörpern - wir glauben an ihre Existenz genauso fest wie an die von Lucien de Rubempré, jener Figur, die in zwei Romanen von Balzac auftaucht, deren Handlungen mehr als zehn Jahre auseinander liegen. Auch in Virginie Despentes' Roman erhalten die Protagonisten echte Tiefe, weil sie uns früher angekündigt wurden oder uns später wieder in Erinnerung gerufen werden.

So stehen die meisten zwar nur im Mittelpunkt eines einzigen Kapitels, aber fast alle werden in anderen Kapiteln erwähnt und so miteinander in Verbindung gebracht. Virginie Despentes bemüht sich, die Künstlichkeit des Romans zu durchbrechen, indem sie ein komplexes Beziehungssystem schafft, in dem alle Figuren, die auf die eine oder andere Weise mit Vernon und Alex Bleach, den Knotenpunkten des Buches, verbunden sind, auch untereinander in einer Querverbindung stehen.

Virginie Despentes vermeidet damit ein sternförmiges Netz und schafft stattdessen ein komplexes Dreieckssystem, wie es Marcel Proust (französischer Schriftsteller, 1871-1922) vor ihr in den sieben Bänden von *Auf der Suche nach der verlorenen Zeit* gelungen ist. In diesem langen Roman mit über 2500 Figuren werden alle zunächst nach ihrer Beziehung zum Erzähler, der zentralen Figur der Erzählung, vorgestellt. Dieser entdeckt jedoch nach und nach, dass die anderen Figuren sich untereinander kennen und ein weltliches Leben außerhalb seiner eigenen Person führen. Das wohl prominenteste Beispiel ist die Hochzeit zwischen Gilberte Swann, der Freundin und Jugendliebe des Erzählers, und Saint-Loup, den der Erzähler erst viel später an anderen Orten kennenlernt. Der Erzähler und damit auch der Leser konnten nicht ahnen, dass sich diese beiden Personen begegnen würden.

Diese Schaffung eines umfassenden fiktionalen Universums funktioniert jedoch nur dank der Vielfalt der Figuren, die mit einer gewissen Tendenz zur Stereotypisierung einhergeht. Wie man bei Proust den Maler, den Musiker und den Schriftsteller findet, so findet man in *Vernon Subutex* den gescheiterten Drehbuchautor, die umweltbewusste Hausfrau und den Transsexuellen. Es geht hier nicht darum, die Verwendung von Stereotypen zu kritisieren, die im Roman obligatorisch ist, sondern im Gegenteil darum, zu betonen, wie Virginie Despentes diese leicht identifizierbaren Kategorien nutzt, um die Charakterisierung ihrer Figuren zu beschleunigen, und zwar nicht *ex nihilo*, sondern entgegen der mentalen Konstruktion, die der Leser sich von sich selbst macht.

So fixieren die ersten Eindrücke das Stereotyp (der Leser versteht, dass Patrice ein gewalttätiger Mann ist, der seine Frau schlägt), und die Entwicklung des Charakters zielt darauf ab, ihn zu singularisieren (die Erzählung entlastet Patrice nicht, aber indem sie uns seinen Standpunkt erahnen lässt, hilft sie uns zu verstehen, dass seine Persönlichkeit keineswegs monolithisch, sondern nuanciert und widersprüchlich ist). Auch hier ist die Pluralität das Hauptargument des Romans, in dem viele Figuren unter den Aspekten Sexualität, Religion, Familie, Politik, Wirtschaft, Geselligkeit usw. behandelt werden. Virginie Despentes gelingt es tatsächlich, ein

Bild der französischen (oder zumindest Pariser) Gesellschaft der frühen 2000er-Jahre zu zeichnen, das nicht erschöpfend, sondern präzise und detailliert, umfassend und fein ist.

Die Tatsache, dass die meisten Figuren für ein einziges Kapitel die Rolle des Erzählers übernehmen, ändert nichts daran, dass sie in ein komplexes System eingebunden sind, das man als neuronal bezeichnen könnte. Die meisten kennen sich und werden an mehreren Stellen des Romans erwähnt. Außerdem sind sie alle leicht asoziale Charaktere bis hin zu einem Klischee der Gesellschaft des 19. Jahrhunderts. Diese Eigenschaften verleihen dem Roman eine spielerische Dimension: Vom Leser wird immer wieder ein Spiel des Erinnerns und Rekonstruierens einerseits und des Erkennens des zugrunde liegenden Stereotyps andererseits verlangt. Auch hier reiht sich Virginie Despentes in eine angesehene literarische Tradition ein.

Für den ersten Aspekt wurde bereits Balzac erwähnt, aber man könnte auch Victor Hugo (französischer Schriftsteller, Dichter und Dramatiker, 1802-1885) anführen, der in *Les Misérables* Figuren nach mehreren hundert Seiten Abstand wiederkehren lässt. Der Leser wird implizit aufgefordert, in dem bereits Gelesenen zu blättern, einen bereits erwähnten Vornamen oder ein früher angekündigtes Ereignis wiederzufinden oder – und diese Logik ist in *Vernon Subutex* vorherrschend – zwei radikal gegensätzliche Wahrnehmungen miteinander zu konfrontieren, wie Sylvies aufkeimende, schüchterne und verzehrende Liebe zu Vernon und dessen Abneigung gegen sie.

Was die Freude am Aufspüren von Stereotypen angeht, das Verstehen, *wer sich* hinter Selim, Noël und Lydia verbirgt (hier sei angemerkt, dass Stereotypen nicht nur auf Erzählerfiguren angewendet werden, sondern dass die gleiche Freude auch bei den eigentlichen Nebenfiguren zu finden ist, Virginie Despentes reaktiviert das Gründungsprinzip von Jean de La Bruyères Caractères (französischer Moralist, 1645-1696), in dem das Stereotyp in einer Anhäufung von Effekten minutiös beschrieben und schließlich am Ende des Textes enthüllt wird.

Es gibt hier keine eigentliche Enthüllung des Stereotyps, weil es keine Notwendigkeit dafür gibt (immerhin wird es oft in einem späteren Kapitel erklärt, meist von Vernon: „Xavier war schon immer ein rechtes Arschloch", S. 85; „Diese Typen sind militante Rassisten", S. 364), aber das Vergnügen des Lesers ist das gleiche – das Antizipieren, Erkennen und Entschlüsseln typischer Merkmale erzeugt ein Gefühl des Mitwissens, des Weltverständnisses, das im Gegenzug die universalisierende Kraft des Romans verstärkt.

DIE VERWENDUNG DES INNEREN FOKUS

DER NEUE ROMAN

Der Nouveau Roman ist eine französische Literaturbewegung zu Beginn der zweiten Hälfte des 20. Jahrhunderts, die 1963 von ihrem Anführer Alain Robbe-Grillet (französischer Schriftsteller, 1922-2008) definiert wurde. Diese Bewegung lehnt die klassischen Romancodes ab, insbesondere die des realistischen Romans. Der neue Roman lehnt die Konzepte der Handlung, des allwissenden Erzählers und sogar der Figuren ab. Das Thema eines Romans aus dieser Strömung ist also sein Schreiben selbst, das von der Realität abgekoppelt ist. Die Literatur verweist nicht mehr auf die Welt, sondern auf das reine Schreiben. Neben Alain Robbe-Grillet sind Nathalie Sarraute (1900-1999), Claude Simon (1913-2005) und Michel Butor (1926-2016) weitere wichtige Figuren des nouveau roman. Auch andere Autoren konnten episodisch damit in Verbindung gebracht werden, wie Marguerite Duras (1914-1996), Jean-Marie-Gustave Le Clézio (1940-1975) oder Samuel Beckett (irischer Schriftsteller, 1906-1989).

Eines der konstituierenden Elemente eines Romans ist die Fokalisierung: Aus welcher Perspektive erzählt der Erzähler? [e]*Vernon Subutex steht in der Tradition der* Experimente des 20. Jahrhunderts und des Nouveau Roman und ist eine Folge von internen Fokalisierungen - kein Rahmenerzähler strukturiert die Erzählung (auch wenn Vernon, wie wir gesehen haben, nach und nach die Position eines externen Erzählers seiner eigenen Geschichte einnimmt).

Die interne Fokalisierung (d. h. die Perspektive ist die einer der handelnden Personen, im Gegensatz zur externen und allwissenden Fokalisierung, bei der sich der Erzähler außerhalb des Geschehens befindet) ist die ideale Form für die Entfaltung des *stream of consciousness, d. h.* des Gedankenflusses der Figur, der unverändert und ohne jegliche stilistische Distanzierung wiedergegeben wird. Ursprünglich ein typisch angelsächsisches Verfahren, das bei Virginia Woolf (britische Schriftstellerin, 1882-1941) und William Faulkner (amerikanischer Schriftsteller, 1897-1962) entwickelt und von James Joyce (britischer Schriftsteller, 1882-1941) in seinem *Ulysses auf die* Spitze getrieben wurde, hat der „stream of consciousness" auch in Frankreich seine Vertreter (hier ist wiederum Claude Simon, französischer Schriftsteller und eine der Hauptfiguren des nouveau roman, zu nennen). In diesem Sinne steht *Vernon Subutex* erneut in einer reichen literarischen Tradition.

In dem Roman werden ein mündlicher Stil, ein vielfältiges Slangvokabular, lange Sätze mit ungezügeltem Satzbau und minimaler Interpunktion verwendet, die allesamt Merkmale der spezifischen indirekten Rede sind: „La culture des pauvres, ça fout la gerbe. Er wäre auf das hier reduziert – zu teures Essen, öffentliche Verkehrsmittel, für weniger als fünftausend Euro im Monat arbeiten und sich in einem Einkaufszentrum Klamotten kaufen. Fliegen und in Flughäfen auf harten Stühlen ohne etwas zu trinken oder Zeitungen warten müssen, wie ein Stück Scheiße behandelt werden und auf Sitzen zweiter Klasse reisen, ein Arschloch zweiter Klasse sein, mit zusammengekauerten Knien und den Ellenbogen der Nachbarin in den Rippen. [...] Kiko würde das nicht tun, er würde Banken ausrauben er würde sich erschießen er würde eine Lösung finden", S. 238-239), also alles Merkmale der freien indirekten Rede, die spezifisch für den *stream of consciousness sind.*

Daraus ergibt sich auch eine manchmal destabilisierende Überzeugungskraft: Da die interne Fokalisierung die Gedanken der Figur mit der Selbstverständlichkeit, die sie für sie mit sich bringt, niederschreibt, gibt es keinen kritischen Rückblick des Erzählers auf seine eigene Rede. Die Figur, die ihre Frau schlägt, kann nicht mehr so leicht verurteilt werden, wenn sie uns einmal selbst erklärt hat, wie sie sich fühlt, mit der absoluten Gewissheit, dass sie im Recht ist.

Die Eindeutigkeit der Urteile der einzelnen temporären Erzähler wird jedoch manchmal durch die Abfolge der internen Fokussierungen untergraben – eine Figur, die sich selbst als sehr sympathisch beschreibt, kann vom nächsten Erzähler in einem äußerst unangenehmen Licht dargestellt werden. So muss jede Figur im Roman durch zwei Prismen gelesen werden: was sie über sich selbst denkt, aber auch, was die anderen über sie denken. Virginie Despentes schafft damit nicht nur großartige hintergründige Porträts, sondern auch den Beweis, dass wir nur durch das kombinierte Urteil von anderen und uns selbst existieren.

Hier kommen wir noch einmal auf die fabelhafte Kraft der Figurengalerie zurück, die der Roman einführt – auch wenn sie jeweils nur im Mittelpunkt eines Kapitels stehen, ermöglicht es die interne Fokalisierung, sie ausreichend zu individualisieren, ihre Stimmen real und ihre Gedanken konkret werden zu lassen. Es handelt sich gewissermaßen um eine Möglichkeit, die psychologische Entwicklung von Figuren, die vielleicht einen eigenen Roman verdient hätten, auf kleinem Raum zu beschleunigen. Durch ihre Gedanken und ihre Präsenz in den Gedanken anderer *sind* sie.

Die Besonderheit von Virginie Despentes' „Bewusstseinsstrom“ liegt in der Verwendung der 3^{e} Person Singular, der Ablehnung des „Ich“, die eine Universalisierung der Rede ermöglicht. Das Verfahren ist subtil: Der Leser wird gleichzeitig in die spezifischen Gedanken eines Individuums hineingezogen und von seiner eigentlichen Individualität distanziert. Die Identifikationsbewegung, die dem *Stream-of-Consciousness-Verfahren* normalerweise innewohnt, wird untergraben, mehr durch diese grammatikalische Abweichung als durch die manchmal gewalttätigen oder verwerflichen Gedanken der Figuren. Doch durch ein Pendel erkennt sich der Leser zwar nicht in Vernon, Emilie und Kiko wieder, erkennt ihnen aber umso eher eine eigenständige Existenz zu: Er ist weder ganz sie noch ganz fremd in ihnen; ohne in ihrer Haut zu stecken, ist er auch nicht außerhalb ihrer Person. Ohne die Identifikation, die die erste Person bietet, aber auch ohne die Distanz, die der traditionelle Roman und der allwissende externe Erzähler bieten, befindet sich der Leser in einer Bastardposition in Bezug auf die Figuren.

Daraus geht hervor, dass die Reden an Allgemeingültigkeit gewinnen (es sind mehrere, die so denken, denn die Personalpronomen „er“ oder „sie“ haben einen allumfassenden Wert) und gleichzeitig die Kraft ihrer Einzigartigkeit bewahren (es handelt sich ja um die intimen Gedanken von jemandem, nicht um allgemeine Begriffe).

Durch die Weigerung, interne Fokalisierungen und einen allwissenden Erzähler zu verwenden, lehnt Virginie Despentes jedes Urteil ab - was die Verwendung der freien indirekten Rede über die intimen und tiefen Gedanken der Figuren enthüllt, *ist das, was* die Figuren denken, und gibt daher keinen Anlass zu weiteren Charakterisierungen - es liegt am Leser und nur an ihm, zu entscheiden, was er denken soll.

Ist ein selbstzufriedener Charakter in Wirklichkeit „ein rechtes Arschloch", wie ein anderer Charakter denkt? Ist Vernon ein Verlierer, wie einige seiner Freunde meinen, oder ein Opfer der Umstände, wie er selbst meint? Alle Reden sind gleich: Virginie Despentes entscheidet sich dafür, nichts von diesen Fragen zu entscheiden - sie bietet jeder Stimme den gleichen Wert und macht so aus ihrem Roman einen Roman mit Stimmen, der zu einem Katalog werden kann, aber den Vorteil hat, dass er die Sensibilitäten nicht hierarchisiert. Aus der Vielzahl dieser Stimmen geht auf scheinbar paradoxe Weise eine einzige Stimme hervor - die Stimme des Zorns.

SCHARFE SOZIALKRITIK

Das Fehlen eines Urteils verleiht der Stimme jeder Figur das gleiche Gewicht - sie schlagen ihre Frauen, nehmen Drogen, denken nur an Sex, sind rassistisch, reaktionär, kleinlich, aber auch (und oft die gleichen) verträumt, leidenschaftlich, solidarisch, fürsorglich... Virginie Despentes lässt uns in die intimen Gedanken einer Generation eintauchen (fast alle Figuren sind zwischen 40 und 50 Jahre alt), die ihren Platz nicht mehr finden kann, die sich vom Leben und der Gesellschaft betrogen fühlt, egal ob sie an der Spitze der sozialen Pyramide oder auf der Straße stehen.

Auf den ersten Blick mag *Vernon Subutex* wie ein menschenfeindliches Buch wirken – jeder bekommt sein Fett weg und die nie nachlassende Verbitterung der Charaktere kann ermüdend wirken. So hat der erfolgreiche Produzent Laurent „das Gefühl, eine lange, rostige Nadel im Hals zu haben" (S. 115) und hasst nichts mehr als „den Erfolg anderer" (S. 117). Pamela, ein ehemaliger Pornostar, „kann sich nicht für Männer interessieren. Sie machen sich zu leicht klein" (S. 199). Der Postbeamte Patrice „möchte, bevor er krepiert, sehen, wie all diese Schakale das Geld zurückgeben, das sie gestohlen haben" (S. 317), und fragt sich: „Wann würde er sich lebendig und wohl in seiner Haut fühlen, wenn er keine Wut mehr hätte?" (S. 313).

Die Erhebung ist sehr bruchstückhaft, unterstreicht aber eine Verärgerung, die von allen geteilt wird, gegen alle. Die Reichen verachten die Armen, die Männer schätzen die Frauen ab, die Jungen hassen die Alten und umgekehrt. Der Leser kann sich durch den Text und die Wahl der internen Fokalisierung sogar als Geisel fühlen, die ihn dazu zwingt, in die Verzweiflung, die Engstirnigkeit und die unerträgliche selbstgefällige Zufriedenheit der Wesen einzutauchen. Das wäre ein

Widerspruch in sich, der sich jedoch selbst widerlegen müsste: Allein die Tatsache, dass die Verzweiflung überall zu finden ist, offenbart, dass sie den Figuren nicht innewohnt, sondern aus den äußeren Umständen resultiert.

Virginie Despentes führt in gewisser Weise eine absurde Demonstration durch: Die scheinbare Misanthropie, die auf die Spitze getrieben wird, führt letztendlich zu nichts anderem als Empathie, einem Mitgefühl ohnegleichen. Emilie, Xavier und Laurent, die ersten Personen, die nach Vernon eingeführt werden, wirken auf den ersten Blick sehr unsympathisch, aber 300 Seiten später sind uns Olga, Xavier und Noël, die auch nicht unbedingt besser sind, viel sympathischer. Das liegt daran, dass sich ihre Verzweiflung, die man anfangs für persönlich gehalten hatte, als unvermeidlicher Teil des Lebens jedes Einzelnen herausgestellt hat. Diese Umkehrung, die Virginie Despentes gelingt, ist ziemlich faszinierend und besonders außergewöhnlich im Fall von Xavier, den alle, einschließlich des Lesers, als „Arschloch“ bezeichnen, bis das zweite Kapitel, das sich auf ihn konzentriert, erschütternd menschlich ist.

Es sind nicht die Menschen, die *Vernon Subutex* kritisiert, sondern die Gesellschaft, die sie zu solchen Extremen treibt. Aus diesem Grund wurde die Trilogie zu einem Symbol der antikapitalistischen Bewegungen: Nur wenige Fiktionen haben die Absurdität der heutigen Gesellschaft und der von ihr geschaffenen Beziehungen zwischen den Menschen so gut erfasst.

Indem Virginie Despentes uns auf absolut unvorhersehbare Weise zeigt, wie Vernon obdachlos wird, konfrontiert sie uns mit unseren Widersprüchen. Denn der Ausgang ist von den ersten Seiten an absehbar, aber wie die Figuren weigern wir uns, daran zu glauben. Denn wie könnte Vernon, der so sympathisch und talentiert ist und so viele Freunde hat, auf der Straße landen?

Virginie Despentes spielt hier auch mit den Codes der Romane – da Vernon die Videokassetten von Alex Bleach zur Hand hat und so viele einflussreiche Personen danach suchen, kann ihm eigentlich nichts Schlimmes passieren, es wird immer einen *deus ex machina geben* (ein lateinischer Ausdruck, der ursprünglich die Ankunft eines Gottes auf der Theaterbühne bezeichnete, der eine aussichtslose Situation löst. Der Ausdruck wird heute in einem weiteren Sinne verwendet, um die wundersame Art und Weise zu bezeichnen, wie sich die Figuren eines fiktionalen Werks aus einer misslichen Lage befreien), um ihn zu retten. Die Parallelität zwischen der generischen Unmöglichkeit (da Vernon so leicht zu retten ist, wird er zwangsläufig gerettet) und der sozialen Unmöglichkeit (da die Figuren Vernon schon lange kennen und er so sympathisch ist, *kann* er nicht auf der Straße landen) bringt den Leser in einen Zwiespalt. Wenn man sich am Ende des Romans aufregen möchte – es gibt so viele, die Vernon die Hand hätten reichen können –, dann nur, um sich mit seiner eigenen Ungläubigkeit, seiner eigenen Passivität konfrontiert zu sehen.

Vernon Subutex ist in erster Linie ein Buch über die tiefgreifenden Fehlfunktionen der Gesellschaft und ihre Tendenz, Individuen in Monster zu verwandeln. Dennoch bleibt es, und fast paradoxerweise, ein zutiefst humanistisches Buch, das niemanden verurteilt. Auch wenn die Gesellschaft als Ganzes unverzeihlich ist, so bemüht sich doch jedes einzelne Mitglied, sich nicht von ihren Rädern zermalmen zu lassen.

Vernon Subutex – Teil 2 und 3

Ursprünglich wollte Virginie Despentes die drei Bände von *Vernon Subutex* innerhalb eines Kalenderjahres veröffentlichen; Band 2 erschien bereits im Juni 2015, einige Monate nach Band 1. Band 3 erschien jedoch erst im Mai 2017, nachdem der Schreibprozess länger als geplant gedauert hatte. Band 2 war fast so erfolgreich wie Band 1 (über 200 000 verkaufte Exemplare), und alles deutet darauf hin, dass Band 3 das gleiche Schicksal ereilen wird. In diesen beiden Bänden finden sich die Figuren aus Band 1 wieder, deren Beziehungen sich erheblich weiterentwickeln werden, und natürlich Vernon Subutex, der erfüllte und idealisierte Clochard. Diese Fortsetzungen sind auch von einer stärkeren Verankerung in der Realität geprägt, wobei insbesondere die Pariser Attentate von 2015 und 2016 eine zentrale Bedeutung für die Erzählung haben. Das überraschende Ende greift die in Band 1 angesprochenen Themen auf und erweitert sie - insbesondere wird eine soziale Alternative vorgeschlagen, ein Versuch, auf die kompromisslose Kritik des ersten Bandes zu reagieren.

DENKANSTÖSSE

EINIGE FRAGEN, UM IHRE ÜBERLEGUNGEN ZU VERTIEFEN...

- Vernon Subutex zitiert mehrfach reale Persönlichkeiten des öffentlichen Lebens, insbesondere Künstler (« Patrick Bruel, Garou, Raphaël », Seite 319). Welche Wirkung hat dies auf den Leser im Hinblick auf die Handlung?
- Ist Vernon Subutex ein richtiger Name oder ein Pseudonym? Gibt der Text Hinweise auf diese Frage? Welche Bedeutung hat diese seltsame Bezeichnung?
- Der Abend bei Kiko ist ein besonderer Moment im Roman, der Einzige, in dem Vernon sein Thema unter Kontrolle zu haben scheint. Warum ist das so? Zieht er daraus Konsequenzen? Kann man darin einen anderen möglichen Ausweg aus der Sackgasse, in der sich Vernon befindet, erkennen?
- Was könnte sich auf den Videokassetten von Alex Bleach befinden? Ist es notwendig, dies zu wissen?
- Ist der Roman selbstgenügsam oder braucht man eine Fortsetzung(en), um ihn zu genießen und zu verstehen?
- Die überwältigende Mehrheit der Charaktere gehört der gleichen Generation an und ist zwischen 40 und 50 Jahre alt. Nennen Sie Gegenbeispiele. Was tragen

sie zur Dynamik der Erzählung bei? Haben sie ihren Platz im Roman oder wirken sie irgendwie deplatziert?

- Durch die Figur der Aïcha führt Virginie Despentes die Frage der Religion in den Roman ein. Wie geht sie damit um? Stellen Sie einen Unterschied zu anderen potenziell polemischen Themen wie Rassismus oder Transsexualität fest?
- Sexualität spielt eine wichtige Rolle bei den Interaktionen und der Charakterisierung der Figuren. Ist sie dennoch sehr präsent in dem Buch? Kann man Virginie Despentes wirklich als „pornografische" Autorin bezeichnen?

WEITERFÜHRENDE INFORMATIONEN

REFERENZAUSGABE

Vernon Subutex, Band 1, Paris, Grasset, 2015, 430 S.

ANPASSUNG

Eine Adaption als Fernsehserie ist derzeit in Produktion. Die Serie wird von Benjamin Dupas und Cathy Verney mitgeschrieben, die bei der ersten Episode von Virginie Despentes selbst unterstützt wurden, und wird aus neun 30-minütigen Episoden bestehen. Romain Duris wird die Titelrolle übernehmen.

Deine Meinung ist uns wichtig!
Hinterlasse doch einen Kommentar auf der Seite
unserer Online-Buchhandlung
und teile Deine Favoriten in den sozialen Netzwerken!

Die präsentierten Inhalte werden vom Herausgeber überprüft, dennoch übernimmt dieser keine Haftung für die inhaltliche Richtigkeit, Vollständigkeit und Aktualität der vorgestellten Inhalte.

www.derQuerleser.de

ISBN digitale Ausgabe: 9782808686853
ISBN gedruckte Ausgabe: 9782808698252
Pflichtexemplar: D/2023/12603/1105

Cover: © Plurilingua
Logo: © Graphicrepublic (Freepik.com) und Plurilingua

Digitale Aufbereitung: Primento, der digitale Partner der Herausgeber.